Le faucon déniché

FichesdeLecture.com

Le faucon déniché (Fiche de lecture)

I. INTRODUCTION

Le faucon déniché est un roman historique paru en 1972. L'auteur est originaire du pays cathare, très marqué par le Moyen Âge. Après une carrière d'instituteur, de professeur d'espagnol et de français, puis de proviseur. Il se consacre maintenant à l'écriture et à la recherche historique, ce qui lui a permis de découvrir notamment le nom de Guilhem Arnal, qu'il fait revivre dans son roman. Le récit se déroule dans le Languedoc, au Moyen-âge, le héros, Martin, est un jeune garçon d'une douzaine d'années.

II. RÉSUMÉ DU ROMAN

Martin, jeune gardeur d'oies de douze ans, aimerait avoir un faucon. Seuls les seigneurs ont ce droit. Mais un jour, le jeune serf défie les lois féodales et déniche un oisillon : « Personne, jamais, ne nous séparera. Personne ! » murmure-t-il à son nouvel ami.

Cette passion lui permet d'oublier la misère et la famine qui sévissent dans la campagne de ce début du XIIIe siècle. Une profonde amitié s'installe entre la noble bête et le jeune garçon qui souhaite dresser l'oiseau de proie à ne tuer que pour se nourrir, et non pour le plaisir.

Mais dans l'ombre de la forêt, le fauconnier du baron Guilhem Arnal de Soupex veille et entend faire du rapace, l'oiseau le plus féroce, le plus avide et le plus cruel de la fauconnerie. Il surprend Martin, lui confisque le faucon et l'enferme secrètement, pendant des semaines au sommet du donjon du château. Pour tenter de l'empêcher de dresser le faucon, Martin arrache trois plumes d'une aile. Sa cellule est froide, sale, humide et infestée de rats.

Le geôlier lui apporte parfois du pain et de l'eau, Martin essaie alors de lui parler il arrive presque à lui subtiliser la clé pour s'enfuir, mais le fauconnier s'en rend compte. Désespéré et affamé, il assiste à l'affaitage de son faucon. Un jour, il aperçoit au loin une grande nuée d'où partaient des éclairs.

Martin décide d'agir et saute du haut de la fenêtre de sa cellule, court sur les remparts et sonne l'alarme, il s'échappe et le château se défend.

Lorsqu'il revient au village, tout est brûlé, les récoltes sont détruites et les paysans n'ont plus rien à manger. Il s'inquiète et se doute que le fauconnier pourrait le rechercher. Guilhem Arnal de Soupex savoure sa victoire et un religieux l'informe que l'alerte a été donnée par un jeune garçon, Martin, qui était emprisonné dans la tour. Le seigneur ordonne que l'on recherche ce jeune serf. Les hommes d'armes arrivent dans le village

Mais Martin se cache dans une abbaye, protégé par le droit d'asile sur les conseils de sa mère. Accueilli par les moines, il découvre la vie des religieux. Le seigneur organise une chasse, Martin caché dans les bois assiste à la chasse. Il aperçoit son faucon, posé sur le bras de Gayette, la châtelaine, mais il découvre qu'il a été dressé pour tuer et assiste à la mort d'une perdrix.

Le seigneur le surprend puis l'interpelle, découvrant que c'est l'enfant dont lui a parlé le religieux il souhaite le récompenser et il lui offre le faucon.

Martin est heureux, mais le faucon n'est plus l'ami qu'il a connu c'est un chasseur parfaitement dressé à tuer. Il lui rend alors sa liberté. Un braconnier affamé repère le rapace puis le tue.

III. PRÉSENTATION DES PERSONNAGES

Martin

Âgé de 12 ans, ce jeune serf est le fils de Brichot, bûcheron. Toute la journée, il garde les oies, il rêve de posséder un faucon pour s'en faire un ami. Mais au Moyen-âge, les faucons sont des oiseaux réservés aux seigneurs et il est interdit à quiconque d'autre d'en posséder un.

Le jeune héros défie les lois féodales et déniche un oisillon : « *Personne, jamais, ne nous séparera. Personne !* » murmure-t-il à son nouvel ami.

Martin est très courageux et volontaire, dans un premier temps il n'obéit pas aux lois féodales qu'ils considèrent injustes puis lorsqu'il est emprisonné il tente de s'échapper. Lorsque le château est attaqué, il n'hésite pas et veut à tout pris les empêcher de détruire son village et le château. Il tente alors de les alerter : « Ils arrivent, ils arrivent ! » Mais personne n'entend ses appels. Il se met sur le rebord de la fenêtre : « Si je saute, je peux mourir ! » et saute puis sonne l'alerte. Le peuple se réfugie au château.

Son courage et sa bravoure sont d'ailleurs reconnus et récompensés à la fin du récit lorsque Guilhem Arnal de Soupex lui offre le faucon.

On remarque en outre que le choix du prénom du jeune héros est lié au lieu où se déroule l'histoire du *Faucon déniché*, Soupex, le protecteur étant Saint Martin.

Le fauconnier

C'est un homme méchant et qui profite de son pouvoir, il emprisonne secrètement Martin en ne lui apportant quelquefois de l'eau et du pain. Il confisque le faucon à Martin et le dresse en parfait chasseur : « *Tu sais qu'ils appartiennent au seigneur, reprit le fauconnier, et tu sais aussi comment on punit ceux qui osent désobéir.*

- *Je ne l'ai pas déniché. Je voulais seulement le voir...*
- *Le voir !*
-      *Oui, le voir. Il est tombé du nid. Je l'ai ramassé dans les herbes. Je ne pouvais pas le rapporter au nid, les parents étaient furieux.*
- *Ce n'était pas au nid qu'il fallait le rapporter, vaurien, c'était au château. L'enfant comprit qu'il n'arriverait pas à le convaincre.*
- *Je vous en prie, maître fauconnier, laissez-le-moi ! Je vous trouverai d'autres oiseaux, mais laissez-moi celui-ci !*
- *De quel droit aurais-tu ce privilège ? Tous les faucons sont nécessaires aux chasses du seigneur.*
- *Mais celui-ci ne sait pas chasser ! Il na pas été dressé pour cela.*
- *Il le sera.*
- *Il le sera ?*
- *Oui.*
- *Jamais ! »*

Guilhem Arnal de Soupex

Ce jeune seigneur aime chasser avec les faucons, il se montre juste et reconnaissant à la fin du récit envers Martin en lui offrant le faucon.

« *Guilhem Arnal, appuyé à l'étroite fenêtre de sa chambre, regarda longtemps le paysage qui s'étendait sous ses yeux. Ce n'était partout que ruine et que tristesse, murs calcinés et cette mélancolie que l'automne donnait aux bois, aux haies, aux chemins. Les meules avaient brûlé, les chaumières aussi. Mais le château avait résisté, le château aux greniers débordants de blé, aux barriques pleines de vin.*

– Je ferai distribuer du pain, voilà tout !

Il était en paix avec lui-même. Il avait risqué sa vie, il l'avait jetée dans la bataille pour sauver son honneur, ses biens, ses paysans. Sa tâche était remplie. Le jeune homme laissa errer son regard avec reconnaissance sur les murailles crénelées et sur les tours. Elles avaient soutenu les sièges, les bonnes murailles que lui avaient léguées ses pères.

– Moi aussi, je les transmettrai aussi fortes que je les ai reçues ! se promit-il. »

IV. AXES DE LECTURE

Un roman historique

Un roman historique est un roman qui a pour toile de fond un ou plusieurs épisodes de l'Histoire. Au cours du récit, l'auteur utilise plusieurs figures historiques telles que Guilhem Arnal de Soupex. En effet, l'auteur a fait des recherches historiques pour écrire ce récit qui se déroule dans le Languedoc, au Moyen-âge.

L'action se passe au XIIIe siècle marqué par la guerre et les révoltes, sous le régime de féodalité. La société médiévale est caractérisée par certaines constantes : le poids de la religion, la forte hiérarchisation sociale qui se traduit, pour les individus et les groupes, par des signes extérieurs contribuant à maintenir chacun à la place qui lui est assignée dans une société que l'on représente divisée en trois ordres : ceux qui prient, ceux qui combattent et ceux qui travaillent.

Un autre facteur participe à partir du XIe siècle, à l'évolution profonde de la société, il s'agit du développement des villes et du commerce. Le monde des campagnes subsiste, mais la société urbaine débute imposant un nouveau modèle social. Ces bouleversements affectent le statut et les conditions d'existence du peuple.

Le Moyen-âge

L'auteur emploi beaucoup de vocabulaire lié au Moyen-âge via les descriptions du château, de la maison de Martin, des paysages, mais aussi à travers l'évocation de la veillée, des jongleurs de foire, de la chasse ou de l'affaitage.

Le pays est divisé en châtellenies, regroupant chacune de cinq à vingt villages, à leur tête se trouve un seigneur châtelain, qui rend la justice. Le seigneur entretient le plus souvent avec ses paysans des relations de confiance.

Cependant, l'auteur dénonce la dure condition des paysans, en effet on découvre la vie quotidienne des serfs faite de soucis, de travail, de crainte, partagée entre la peur des guerres, de la famine et des épidémies. On le voit notamment lorsque la mère de Martin lui conseille de se cacher : « *Ton père croit que je suis folle d'avoir si peur, que le seigneur te pardonnera. Mais moi, je n'ai pas confiance. On t'a bien emprisonné pas vrai ? Je les connais, ils recommenceraient. Il ne faut pas qu'ils te prennent* ».

Cette société nous apparaît violente : « À chaque rapace qu'il découvrait, une exaltation s'emparait de lui, l'espoir d'avoir trouvé enfin l'oiseau le plus féroce, le plus avide, celui qui, par sa cruauté, renouvellerait les plaisirs de la chasse au vol », ou encore « Comme tous les seigneurs de son temps, il aimait la violence, la lutte qui permettait au corps de prouver sa valeur, aux muscles de se tendre, aux bras de distribuer des coups afin que s'appliquât la toute puissante loi féodale du plus fort ».

Même si le seigneur est juste et bon dans le récit, la condition du paysan est dure. Le privilège de la chasse, en est un cruel exemple, ou encore le rapport de l'individu à la loi. Cette société recherche l'ordre, la sécurité et la paix en abritant les hommes et les biens derrière les fortifications des villes et des villages.

Le courage

Le jeune héros, Martin fait preuve de beaucoup de courage, pour sauver le château et les paysans il n'hésite pas à sauter et donner l'alerte. Cette qualité rappelle celle des chevaliers des contes. En tant que serf il appartient au seigneur, en échange ce dernier assure la justice et la sécurité sur ses terres. Les paysans doivent utiliser le four, le moulin, et le pressoir du seigneur : ce sont les banalités.

Les conditions de vie des paysans sont pénibles et pour oublier Martin s'attache à son faucon et à leur amitié, et ce au péril de sa vie. Il subit la peine infligée par le fauconnier en restant dans une cellule, froide et infestée de rats : « *Martin eut le sentiment que, dans ce réduit, on l'oublierait toujours. Il fit le tour des murs, en effleura les pierres d'une main craintive. Il eut peur. Peur d'attendre le matin dans la demi - obscurité où, peu à peu, renaissaient des hululements et des...il prêta l'oreille. C'était bien ça ! Ce frôlement dans la paille, ce grignotement ravageur, on ne pouvait s'y tromper : un rat ! Affamé, sans doute ! Deux !...Trois !* »

À la fin du Moyen-âge, les villes s'agrandissent et permettent le développement d'activités artisanales et commerciales. Les bourgeois s'enrichissent et deviennent indépendants des seigneurs. Les villages obtiennent des chartes qui permettent d'accroitre leur liberté.

Dans la même collection en numérique

Les Misérables
Le messager d'Athènes
Candide
L'Etranger
Rhinocéros
Antigone
Le père Goriot
La Peste
Balzac et la petite tailleuse chinoise
Le Roi Arthur
L'Avare
Pierre et Jean
L'Homme qui a séduit le soleil
Alcools
L'Affaire Caïus
La gloire de mon père
L'Ordinatueur
Le médecin malgré lui
La rivière à l'envers - Tomek
Le Journal d'Anne Frank
Le monde perdu
Le royaume de Kensuké
Un Sac De Billes
Baby-sitter blues
Le fantôme de maître Guillemin
Trois contes
Kamo, l'agence Babel
Le Garçon en pyjama rayé
Les Contemplations

Escadrille 80

Inconnu à cette adresse

La controverse de Valladolid

Les Vilains petits canards

Une partie de campagne

Cahier d'un retour au pays natal

Dora Bruder

L'Enfant et la rivière

Moderato Cantabile

Alice au pays des merveilles

Le faucon déniché

Une vie

Chronique des Indiens Guayaki

Je voudrais que quelqu'un m'attende quelque part

La nuit de Valognes

Œdipe

Disparition Programmée

Education européenne

L'auberge rouge

L'Illiade

Le voyage de Monsieur Perrichon

Lucrèce Borgia

Paul et Virginie

Ursule Mirouët

Discours sur les fondements de l'inégalité

L'adversaire

La petite Fadette

La prochaine fois

Le blé en herbe

Le Mystère de la Chambre Jaune

Les Hauts des Hurlevent

Les perses

Mondo et autres histoires

Vingt mille lieues sous les mers

99 francs

Arria Marcella

Chante Luna

Emile, ou de l'éducation

Histoires extraordinaires

L'homme invisible

La bibliothécaire

La cicatrice

La croix des pauvres

La fille du capitaine

Le Crime de l'Orient-Express

Le Faucon malté

Le hussard sur le toit

Le Livre dont vous êtes la victime

Les cinq écus de Bretagne

No pasarán, le jeu

Quand j'avais cinq ans je m'ai tué

Si tu veux être mon amie

Tristan et Iseult

Une bouteille dans la mer de Gaza

Cent ans de solitude

Contes à l'envers

Contes et nouvelles en vers

Dalva

Jean de Florette

L'homme qui voulait être heureux

L'île mystérieuse

La Dame aux camélias

La petite sirène

La planète des singes

La Religieuse

À propos de la collection

La série FichesdeLecture.com offre des contenus éducatifs aux étudiants et aux professeurs tels que : des résumés, des analyses littéraires, des questionnaires et des commentaires sur la littérature moderne et classique. Nos documents sont prévus comme des compléments à la lecture des oeuvres originales et aide les étudiants à comprendre la littérature.

Fondé en 2001, notre site FichesdeLectures.com s'est développé très rapidement et propose désormais plus de 2500 documents directement téléchargeables en ligne, devenant ainsi le premier site d'analyses littéraires en ligne de langue française.

FichesdeLecture est partenaire du Ministère de l'Education du Luxembourg depuis 2009.

Plus d'informations sur www.fichesdelecture.com

ISBN: 978-2-511-02970-1

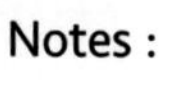

Notes :